RÉFLEXIONS MILITAIRES

DU

MARQUIS DE LANGERON

(1776)

(Extrait de la *Revue rétrospective*
du 1er Janvier 1892).

PARIS

AUX BUREAUX DE LA *REVUE RÉTROSPECTIVE*

55, RUE DE RIVOLI, 55

RÉFLEXIONS MILITAIRES

DU

MARQUIS DE LANGERON

(1776)

(Extrait de la *Revue rétrospective*
du 1er Janvier 1892).

PARIS

AUX BUREAUX DE LA *REVUE RÉTROSPECTIVE*

55, RUE DE RIVOLI, 55

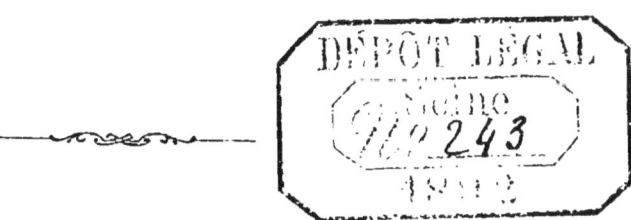

Réflexions militaires du marquis de Langeron (1776 [1]).

Les militaires se plaignoient, il y a quelques années, du manque de livres où ils pussent apprendre les vrais principes de l'art de la guerre ; aujourd'hui nous avons à peine le temps de lire tous les livres qui paroissent, et il ne nous en reste presque plus pour comparer les différentes idées de nos auteurs modernes avec les leçons que nous ont laissées les Grecs, les Romains et les généraux du siècle dernier.

Je loue le zèle et le travail de nos auteurs de tactique, et c'est, sans doute, dans leurs ouvrages que j'ai puisé les réflexions que je vais écrire. Puissent-elles être utiles à mon pays, c'est tout ce que je désire !

Trois choses me paroissent indispensables pour former une armée digne du nom français :

---

1. Charles-Claude, marquis de Langeron, fils du maréchal de France de ce nom, était le cousin du trop célèbre général qui prit les armes contre son pays et combattit avec les Russes pendant les guerres de la République et de l'Empire. La pièce que nous publions est une copie portant le titre de *Réflexions militaires d'un officier général* (*Janvier 1776*). Elle fait partie du fonds Langeron, acquis, il y a quelques années, par la bibliothèque de Brest ; son conservateur, M. le docteur MARION, a bien voulu nous en donner communication, par l'aimable entremise de M. GEORGES BERTIN. Nos lecteurs lui en sauront d'autant plus gré, que les pensées du général sont remarquables, surtout pour l'époque où elles ont été écrites. Le marquis et le comte de Langeron, son frère, ont tous deux commandé la ville ou les troupes de Brest et des villes voisines, de 1776 à 1784.

1° Une bonne constitution purement militaire : et, pour être telle, il faut qu'elle soit en proportion de force relative avec le nombre des sujets de l'État, avec ses finances, avec ses besoins pour sa défense, avec les armées de ses voisins ;

2° Une législation sage, claire et analogue au climat, au génie, au caractère, à la religion, aux mœurs, aux préjugés de la nation ;

3° Un bon esprit militaire..

Les deux premières dépassent mes forces, et j'ai la plus intime persuasion que le ministre vraiment militaire qui s'en occupe aujourd'hui[1], ne laissera rien à désirer sur tout ce qui dépendra de lui, pour faire revivre cet esprit français que j'ai vu dans la guerre de 1733, un peu dans celle de 1742, et que nous désirons aujourd'hui. J'ose cependant avancer que jamais cet esprit ne pourra reprendre sa première vigueur, si tous les chefs ne s'emploient pas, avec zèle et uniformité, à réaliser les vues patriotiques et militaires du ministre.

C'est donc sur ce troisième article que je vais entrer dans des détails, non pour donner des leçons, ce qui ne convient ni à mon caractère, ni à mon insuffisance, mais pour me faire un plan de conduite, dans le cas où le roy jugeroit à propos de m'employer dans mon grade de lieutenant-général.

---

1. Le comte de Saint-Germain.

Pendant la paix, nous ne devrions nous occuper qu'à apprendre ce que nous ferons pendant la guerre;

8° Les recrues doivent être instruites avec patience, netteté et suite, sans les rebuter;

9° Les bataillons qui ne seroient pas employés à des travaux militaires ou civils, seroient suffisamment exercés en prenant les armes deux fois par semaine, pendant les mois de mai, juin, juillet, aoust et septembre, d'abord, et pendant un mois seulement, sur une esplanade, pour réunir les différentes classes et leur donner l'ensemble. Quatre autre jours de la semaine seroient employés à des promenades militaires, que le soldat exécuteroit ayant ses armes, son sac et son pain, et qu'on augmenteroit par gradation, soit pour les distances, soit pour la vitesse. Ces promenades auroient pour objet :

De rendre les corps forts et sains.

D'occuper la légèreté de nos têtes.

Les officiers seroient chargés, tour à tour, de compter les distances d'un lieu à un autre, de connaître à fond le pays.

Les dimanches seroient des jours de repos, mais pour en éviter les inconvénients, je désirerois qu'à une certaine heure, il y eût dans les places, comme le voulait M. de Louvois, des parades et des jeux militaires;

10° La promenade continueroit toute l'année, mais, au mois de juin, chaque régiment s'exerceroit dehors, et à travers champs *non semés*, ou tout au moins le long de grands chemins, surtout ceux où il se trouveroit des ponts, des défilés.

On feroit ensuite sortir un ou plusieurs bataillons par des portes différentes, avec ordre de marcher en guerre, de façon que, dans le cas où ces différents corps se rencontreroient dans leur marche, ils s'accoutumassent à se former promptement, soit pour attaquer, soit pour se défendre, soit pour continuer leur marche.

Les troupes ainsi accoutumées peu à peu à la fatigue, à l'obéissance, à avoir toujours un objet militaire, pourroient enfin être exercées à de *grandes manœuvres militaires*. Dans ce cas, elles seroient commandées par des officiers supérieurs nommés par le lieutenant-général.

Celui-ci seroit spectateur et examineroit la portée des talents de chacun des commandants. Rentré dans la place, il assembleroit chez lui les officiers supérieurs; il raisonneroit avec eux de la bonté et des défauts des manœuvres et, en louant les uns, encourageant les autres, il feroit renaître l'émulation. Chaque colonel en feroit autant dans l'intérieur de son régiment;

11° La marche de plusieurs colonnes sur un point donné, les développements sur une ligne parallèle ou sur une ligne oblique, des changements de front en totalité ou en parties, des passages de défilés en avant ou en retraite, et toutes les autres grandes manœuvres seroient commandées par les officiers généraux;

12° Me seroit-il permis de le dire? Je désirerois

Principes.

1° Le Français est léger, frivole, inconstant, vif, raisonneur. Il est également spirituel, glorieux, adroit, brave, docile, et autant qu'aucun autre peuple, il aime la gloire et l'honneur ;

2° Nous sommes imitateurs, et bientôt nous allons si loin que nous perfectionnons ou nous gâtons ;

3° Le gouvernement françois doit être paternel, bon et juste. La sévérité le (*sic*) révolte ; la fermeté meslée de gayeté lui plaît et l'attache.

En tirant des conséquences justes de ce petit nombre de principes, il me semble que, lorsque la constitution et la législation auront enfin pris une forme militaire, lorsque chaque individu sera vêtu, armé, nourri et aura quelque argent, lorsqu'il sera à sa véritable place, qu'il sera commandé par des chefs d'âge et d'expérience, qu'il verra que des *corps de faveur* ne lui enlèveront plus la moyenne partie des récompenses auxquelles il aspire par son travail, il me semble que nous verrons, dans peu, renaître cet esprit militaire, ce bon ton propre à une nation, et qui peut seul lui rendre son ancienne splendeur.

La conduite à tenir par l'officier général employé me paroît devoir être à peu près celle-ci :

1° Un ancien militaire doit être poli et affable sans affectation. La hauteur est l'enseigne du petit génie, et la familiarité ne sied pas à celui qui commande les autres ;

2° Sa porte doit être ouverte, à des heures marquées, pour ceux qui n'ont que des devoirs à lui rendre, mais à toute heure pour ceux qui ont affaire à lui pour le service du roy, ou pour lui demander justice.

3° Sa conversation gaye et souvent instructive, sans se livrer à des dissertations qui dégénèrent trop souvent en disputes ;

4° Son équipage décent, sans aucun faste : sa table abondante, sans luxe ni recherche.

En temps de paix, les appointements que le roy lui donne sont destinés à sa dépense. En temps de guerre, son bien doit venir au secours de l'État ;

5° Il se dégraderoit et mériteroit d'être renvoyé chez lui, si sa maison étoit une école de jeu ou de débauche, si jamais il se servoit de mots injurieux, non seulement avec un officier, *mais avec le dernier tambour*. Quiconque fait un métier dont l'honneur est la base, doit être honoré et considéré. Si ce sentiment n'existoit pas dans tous les cœurs, il faudroit l'y supposer, c'est le moyen de l'y faire germer.

Après avoir donné l'exemple, il doit tenir exactement et sévèrement la main à ce qu'il soit suivi par tous ses subordonnés.

6° Les ordonnances doivent être exécutées à la lettre, sans modification ni interprétation. Le roy a prononcé, c'est à nous à obéir ;

7° J'espère qu'avec le temps, il paroîtra une ordonnance qui ôtera cette différence défectueuse entre le service des places et celui de campagne.

que les troupes pussent camper, un mois chaque année, par corps assez nombreux pour pouvoir y exécuter, non des exercices de parade, mais de grands et beaux mouvements militaires qui pussent former des officiers généraux, développer leurs talents et leur mériter la confiance des troupes.

Lorsque l'on bannira de ces camps le luxe et toutes dépenses superflues, on croit pouvoir dire que cette dépense sera moins considérable qu'on ne la suppose, et on ajoutera qu'il y en a peu qui puissent être plus utiles, puisque ce seroit un livre journellement ouvert où chacun de nous apprendroit à être utile à la Patrie et à en mériter la reconnoissance.

1° Quoique je n'aie parlé que de l'infanterie, l'on sent bien que je pense de même pour la cavalerie et les troupes légères. Je désirerois pouvoir ôter à toutes les troupes du roy une tenue trop minutieuse, une fatigue ou plutôt un tourment perpétuel qui dégoûte sans instruire, qui empêche le soldat de se rengager, qui rend l'officier mécontent de son état, en un mot, contraire à tout principe militaire et par conséquent nuisible à l'État.

J'ajouterai qu'il est très important de faire manœuvrer ensemble différentes armes de pied et de cheval, afin d'établir entre elles cette union, cette confiance réciproque si décisive dans les grandes actions de guerre.

Je sers depuis plus de quarante ans, et ce long

espace m'a bien convaincu de la vérité de cette sentence de Végèce : *Neque enim longitudo ætatis, aut annorum numerus artem bellicam tradit, sed continua exercitationis meditatio.*

UNE LETTRE DU MARQUIS DE LANGERON [1].

Copie de la lettre de M. le marquis de Langeron à M. le Comte de Saint-Germain, du 28 août 1776.

Avant de répondre, Monsieur, à la lettre dont vous m'avez honoré le 8 de ce mois, j'ay été obligé d'attendre les réponses de MM. les maréchaux de camp sur la conduite des troupes qui sont à leurs ordres.

M. le marquis d'Héricy me mande que les deux régimens de cavalerie sont beaux, bien tenus, supérieurement exercés, et qu'autant que la dispersion des quartiers peut le permettre, les ordonnances sont exécutées avec zèle et obéissance.

A l'égard de l'infanterie, M. le comte de Maillé me mande ce qu'il m'a déjà dit icy, que le régiment de Condé ne lui laisse rien à désirer. J'ay eu l'honneur, Monsieur, de vous en rendre compte, et de vous ajouter que j'avois pris sur moy de rendre communes à ce régiment les louanges que

---

1. Provient du même fonds que la pièce précédente, dont elle contribue à prouver l'authenticité.

vous m'avez ordonné de donner, de la part du roy, aux régiments de Nivernois et d'Enghien, qui sont à Brest.

Vous avez eu la bonté, Monsieur, d'approuver les principes que j'ai établi dans mes *Réflexions militaires*, que M. le prince de Montbarey a mis, à mon sujet, sous vos yeux; ces principes ont fait la base de ma conduite, et je m'y suis vu confirmé par les ordonnances et le règlement qui nous font une loy de traiter paternellement les troupes du roy. Dans la division que vous avés daigné me confier, les officiers se sont empressés à obéir, sans réplique, aux ordres du roy, à donner le meilleur exemple en tous genres. Aucun n'a osé, n'y n'osera tenir un mauvais propos.

Je vis avec les officiers comme avec mes frères, et avec les soldats comme avec mes enfans. Chacun a peur de manquer à son devoir, parce qu'il est sûr d'être puni avec justice et sévérité. Nous ne fatiguons point les troupes, nous les faisons servir. Nous ne connoissons point la désertion, et dans une ville où l'on avoit pas la première idée de l'ordre, on est étonné de la sagesse de nos troupes. Lorsque nous exerçons, nos soldats vous feroient plaisir à voir, et leur exactitude et leur gayeté vous prouveroit qu'ils sont prêts à recommencer.

Nous rengageons des vieux soldats, cela seul fait l'éloge des chefs, et au printemps, cette division sera dans le meilleur état, parce que le roy y est servi avec respect, zèle et amour.

Je mets au nombre de mes premiers devoirs de

vous rendre ce compte exact et fidèle, et je me
flatte, Monsieur, que vous le préférés à un journal
très détaillé, qui ne pourroit contenir que les
mêmes choses.

Je suis, monsieur le Ministre, etc.

Paris. — Imp. E. CAPIOMONT et Cⁱᵉ, rue des Poitevins. 6.

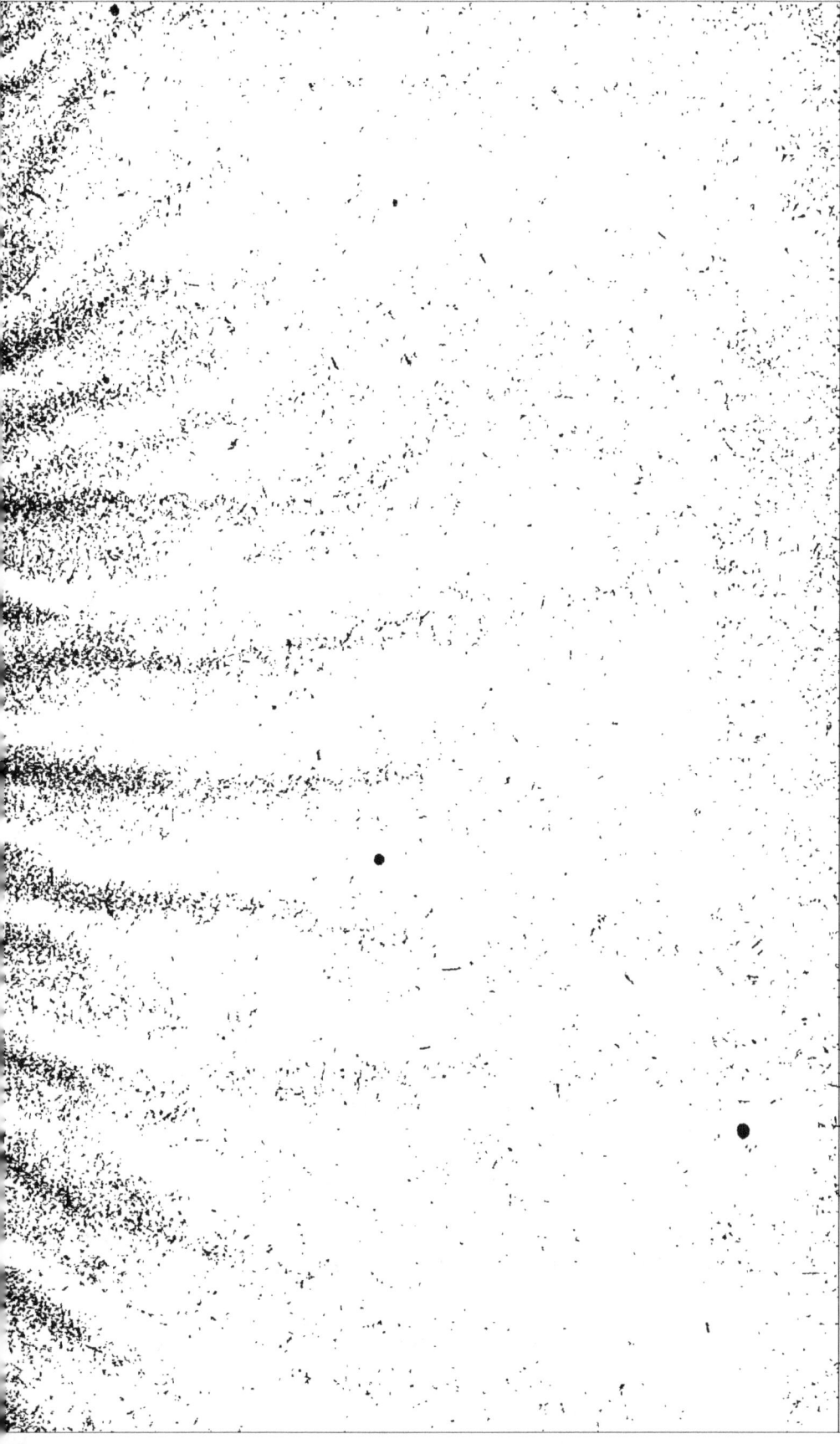

REVUE RÉTROSPECTIVE

MATIÈRES DU TOME XV

ABONNEMENTS :

Les **Abonnements** partent du 1er janvier et du 1er juillet : Un an : France, **10** fr. Étranger, **11** fr. — La *Revue* paraît le 1er du mois.

La *nouvelle série*, qui commence le 1er janvier 1891, publie des livraisons mensuelles de 72 pages et forme, chaque semestre, un volume avec table des matières et index, du prix de 5 francs. (Envoi *franco*.)

VENTE AU NUMÉRO : Prix du numéro, **1** fr. — S'adresser aux bureaux de la *Revue*. (Envoi *franco*.)

Paris. — Imp. E. CAPIOMONT et Cie, rue des Poitevins, 6.

www.ingramcontent.com/pod-product-compliance
Lightning Source LLC
Chambersburg PA
CBHW061746180626
46818CB00006B/2780